14 mai 1859

TABLEAUX

ANCIENS ET MODERNES

SUCCESSION DE M. ANDRÉ LEROUX

Vente le 14 Mai 1859

SALLE N° 7

Exposition particulière le 12 Mai || Exposition publique le 13 Mai

Me CHARLES PILLET, Commissaire-Priseur

M. CH. ROUILLARD, Expert

RENOU ET MAULDE
IMPRIMEURS DE LA COMPIE DES COM-PRISEURS
rue de Rivoli, 144

CATALOGUE

DE

TABLEAUX

ANCIENS ET MODERNES

DE DIVERSES ÉCOLES

Provenant de la succession de M. André LEROUX

DONT LA VENTE AURA LIEU

HOTEL DES COMMISSAIRES-PRISEURS

RUE DROUOT, N. 5

SALLE N° 7

Le Samedi 14 Mai 1859

à 2 heures 1/2 très-précises

Par le ministère de Mᵉ **CHARLES PILLET**, Commissaire-Priseur,
Successeur de M. BONNEFONS DE LAVIALLE,
rue de Choiseul, 11,

Assisté de M. **CH. ROUILLARD**, Expert, rue de la Paix, 1, maison Daniel

chez lesquels se distribue le présent catalogue.

EXPOSITION PARTICULIÈRE : le Jeudi 12 Mai

EXPOSITION PUBLIQUE : le Vendredi 13 Mai

DE MIDI A CINQ HEURES

1859

CONDITIONS DE LA VENTE

Elle sera faite au comptant.

Les acquéreurs paieront, en sus des adjudications, cinq centimes par franc applicables aux frais.

LE CATALOGUE SE DISTRIBUE :

Londres,	chez MM.	Farrer, Wardour-Street.
—	—	Colnaghi, marchand d'estampes.
Bruxelles,	—	Étienne Leroi, expert du Musée.
Amsterdam,	—	Devries et Brondgheest.
Rotterdam,	—	A. Lamme, artiste peintre.
Vienne,	—	Artaria.
Berlin,	—	Passalacqua.
Cologne,	—	Bourgeois.
St-Petersbourg,	—	Bruni.
Lille,	—	Tencé, marchand de Tableaux.
Montpellier,	—	Roger.
Rouen,	—	Bellard.
Lyon,	—	Haet.
Marseille,	—	Petit-Bergons.

NOMS DES MAITRES

PEINTRES ANCIENS

PEINTRES CONTEMPORAINS

LIVRES D'ART

ORDRE DE LA VACATION

		Numéros du Catalogue.
1 et 2	Saintes en extase	33 et 34
3	**Belloto**	32
4	**Bent** (Van der)	2
5	**Wynants**, de Bruxelles	7
6	**Boullongne** (Bon)	13
7	**Romain** (Jules)	30
8 et 9	**Mignard** (Pierre)	22 et 23
10	**Titien** (Attribué à)	31
11	**Carrache** (Louis)	28
12 et 13	**Bruandet**	13 et 14
14	**Taunay**. Vente à l'encan	26
15 et 16	**Bilcocq**	9 et 10
17	**Debucourt**	15
18	**Taunay**. Fête de la Fraternité	25
19	**Leprince** (Xavier). Proclam. de la royauté.	21
20	**Drolling**	17
21	**Leprince** (Xavier). La Fête du village	20
22	**Géricault**	10
23	**Bartholomeo** (Fra)	27
24	**Peeter Neefs**	3
25	Sainte Famille	35
26	**Ribera**	1
27	**Rubens**	4
28	**Palme le Vieux**	29
29 et 30	**Sneyders**	5 et 6
31	**Fauvelet**	18
32	**Decamps**	16
33	**Bonheur** (Rosa)	11
34	**Rousseau** (Th.)	24
35	**Appert**	8
36	Livres d'art	36 et 37

AVERTISSEMENT.

La collection que nous offrons au public est la réunion complète, telle qu'elle a été formée par un amateur d'élite, M. André Leroux, dont les artistes ont vivement déploré la perte.

On y remarquera des toiles de premier ordre, choisies avec un goût sévère, dignes de figurer dans les galeries les plus considérables.

C'est donc une véritable solennité artistique que la vente de cette collection, où l'authenticité des attributions se joint à la conservation parfaite des œuvres qui la composent.

Parmi les célébrités des diverses écoles qui s'y trouvent réunies, nous mentionnerons une esquisse capitale de P.-P. Rubens, composée pour le tableau que possède le Musée du Louvre, *gravé par Bolswert, et portant pour exergue : Triomphe de l'Église*.

Cette œuvre remplie de verve fut commandée et peinte par l'artiste pour l'église des Carmes à Loches (fondée par le duc d'Olivarez).

Tout dans ce chef-d'œuvre est remarquable ; la composition est très-importante ; le coloris de ce ton clair et argentin qui distingue les belles toiles de ce grand maître, la touche large et énergique et d'une belle conservation.

Puis un Musicien espagnol dû au pinceau fougueux de Ribera, dont la touche énergique égale la vigueur d'un coloris puissant et lumineux.

Ce tableau peut être placé au premier rang des œuvres de ce maître.

N'oublions pas une toile capitale du vieux Palme : *la Femme adultère*, d'une couleur chaude et dorée, rappelant les belles toiles de Titien.

Signalons aussi à l'attention des connaisseurs *un Intérieur d'église*, peint par Peeter Neefs, avec cette science de perspective et de clair-obscur qui l'a placé au premier rang des peintres de sa spécialité.

Un Louis Carrache, *la Mise au tombeau*, dont la puissance de couleur est digne de ses œuvres les plus estimées.

Une esquisse attribuée au Titien.

Un Fra Bartholomeo, d'une sage exécution et d'un dessin savant.

Deux toiles de Mignard où la vérité des ressemblances, d'un grand intérêt historique, est jointe à la finesse et à la beauté de l'exécution.

Deux tableaux d'animaux, par Sneyders, qui ne seraient pas déplacés pour la décoration d'un palais.

N'oublions pas les productions de notre école nationale, qui jouit aujourd'hui, à juste titre, de la plus grande faveur tant chez nous qu'à l'étranger.

Les amateurs de cette école gracieuse et spirituelle y rencontreront des peintures de Xavier Le Prince, de la plus belle exécution, inconnues du public, ayant été commandées par M. *André Leroux.*

Des Bilcocq, pouvant soutenir la comparaison avec les charmantes productions de Greuze, — un délicieux Debucourt, *la Danse du chien*, deux ravissantes toiles de Taunay, — un Drolling, de la plus belle exécution, — deux paysages, de Bruandet, dans la manière de Wynants.

Enfin, parmi les sommités contemporaines, des toiles signées Decamps, — Rosa Bonheur, — Théodore Rousseau, Fauvelet, — Appert, etc.

Nous sommes convaincu à l'avance du puissant intérêt que MM. les amateurs attacheront à cette vente, pour laquelle nous n'avons pas cru devoir nous étendre plus longuement, la vue des œuvres qui la composent étant leur meilleure recommandation.

C. ROUILLARD.

DÉSIGNATION

DES

TABLEAUX

ÉCOLE ESPAGNOLE.

RIBERA (JIUSEPE).

1 — Le Musicien ambulant.

Près d'une balustrade, un homme accorde sa mandoline.

Cette œuvre de premier ordre et puissante de couleur est d'une admirable conservation. Elle ne le cède à aucune toile capitale de ce maître pour l'énergie de la touche et la force du modelé.

Toile. — H. 1 m. 25 c. L. 1 m. 1 c.

ÉCOLE DES PAYS-BAS.

BENT (VAN DER).

2 — Repos d'animaux.

Agréable composition dans le goût de Van Berghem.

(Signé.)

Toile.—H., 60 c. L., 60 c.

PEETER NEEFS.

FIGURES PEINTES PAR F. FRANCK.

3 — Intérieur d'une église au moment de la célébration de la messe.

Cette œuvre capitale est enrichie d'un grand nombre de figure très-spirituellement touchées. Les effets de perspective et de lumière sont ménagés avec le plus grand art. On circule dans la nef et les bas côtés.

Bois.—H., 67 c. L., 1 m. 2 c.

RUBENS (Pierre Paul).

4 — Le Triomphe de l'Église.

Cette magnifique esquisse terminée réunit à elle seule toutes les brillantes qualités qui distinguent ce prince des coloristes. Style, mouvement, composition, couleur tout est réuni dans cette première pensée d'une des plus belles et des plus nobles conceptions de ce grand génie, que possède le Musée du Louvre.

Nota. Citée dans le catalogue complet des œuvres de Rubens comme *Esquisse admirable*.

Bois.—H., 70 c. L., 1 m. 2[illegible].

SNEYDERS (F.).

5 — Chasse au cerf.

Un cerf forcé est dépecé par des chiens.

Toile.—H., 1 m. 67 c. L., 2 m. 47 c.

DU MÊME.

6 — Tigres et panthères dans un paysage.

Pendant du précédent.

Toile.—H., 1 m. 67 c. L., 2 m. 47 c.

WYNANTS (de Bruxelles).

7 — Ancienne ville de Flandre baignée par une rivière et enrichie de figures.

Cette jolie composition rappelle la manière de Berkeiden par la franchise de la touche et la finesse du ton.

Toile.—H., 63 c. L., 96 c.

ÉCOLE FRANÇAISE.

APPERT.

8 — Baigneuses italiennes.

(Signé.)

Toile.—H. 64 c. L. 1 m.

BILCOCQ.

9 — Intérieur d'une chaumière.

Nous ne pouvons que réitérer ce que nous avons dit dans notre avertissement : ces deux charmants tableaux sont dignes du pinceau de Greuze pour la couleur et la vérité d'expression.

Bois.—H., 15 c. L., 21 c.

DU MÊME.

10 — Scène de buveurs.

Pendant du précédent.

Bois.—H., 15 c. L., 21 c.

BONHEUR (Rosa).

11 — Moutons au pâturage.

Trois moutons sont au repos, un autre est debout; au premier plan une brebis caresse un agneau.

Il serait superflu de faire l'éloge de ce joli tableau, qui parle assez par les brillantes qualités qui le distinguent.

(Signé.)

Toile.—H., 26 c. L., 34 c.

BON BOULONGNE.

DANS LA MANIÈRE VÉNITIENNE.

12 — La Mort de Cléopâtre.

Étendue sur un lit de parade, la reine expire entourée de ses femmes.

Cette composition, souvent répétée, est une étude faite d'après un maître vénitien.

Toile.—H. 1 m. 15 c. L. 1 m. 70 c.

BRUANDET (E.).

13 — Lisière de bois.

Ce tableau et son pendant sont touchés dans la manière de Wynants.

Bois.—H., 13 c. L., 21 c.

DU MÊME.

14 — Entrée d'une forêt.

Pendant du précédent.

Bois.—H., 13 c. L., 21 c.

DEBUCOURT.

15 — La Danse du chien.

A la porte d'un cabaret un paysan fait danser un chien au son du fifre et du tambourin; assis à une table sont deux villageois, dont l'un courtise une jeune fille. Plus loin, l'aubergiste et sa femme considèrent cette scène champêtre avec curiosité.

Petit panneau d'une franche exécution.

Bois.—H. 19 c. L. 13 c.

DECAMPS.

16 — Un Défilé.

Nous ne saurions trop insister sur la magie de cette petite toile, que le maître a classé en y apposant son monogramme.

(Signé.)

Forme ovale.—Bois.—H. 23 c. L. 28 c.

DROLLING.

17 — Le Petit commissionnaire.

Cette scène de la vie familière est pleine de naïveté. Elle est rendue avec une couleur très-moelleuse et la touche est d'une grande finesse.

(Signé.)

Bois.—H. 54 c. L. 45 c.

FAUVELET.

18 — Jeune femme assise près d'une cheminée.

Charmant tableau d'une bonne exécution.

(Signé.)

Bois.—H. 32 c. L. 24 c.

GÉRICAULT (attribué à).

19 —

Ce tableau a toujours été considéré par son possesseur comme étant original du maître.

L'épisode que représente cette toile est une scène mystérieuse, qui, sous le Directoire, a eu autant de retentissement que celle du courrier de Lyon.

Toile.—H. 57 c. L. 72 c.

LEPRINCE (Xavier).

20 — Fête de Village.

Du plus beau temps du maître, cette composition est d'une gaîté et d'un entrain admirable; les divers épisodes qui la distinguent sont variés à l'infini. Elle est enrichie de plus de quatre cents figures.

(Signé.)

Toile.—H. 32 c. L. 39 c.

DU MÊME.

21 — Proclamation de la royauté (1815).

Un des tableaux les plus capitaux qu'ait produit le maître.

(Signé.)

Toile.—H. 48 c. L. 64 c.

MIGNARD (Pierre).

22 — Jugement de l'Aris.

Portraits historiques de plusieurs personnages du siècle de Louis XIV, où il est lui-même représenté.

Toile.—H. 1 m. 19 c. L. 80 c.

DU MÊME.

23 — Enlèvement d'Europe.

Pendant du précédent.

Toile.—H. 1 m. 19 c. L. 80 c.

ROUSSEAU (Théodore).

24 — Massif d'arbres au bord d'une rivière.

(Signé.)

Bois.—H. 22 c. L. 33 c.

TAUNAY.

25 — Fête de la Fraternité, en 1780.

Composition remarquable d'une très-belle couleur et une des plus considérables du maître.

Toile.—H. 45 c. L. 64 c.

DU MÊME.

26 — Vente de tableaux en plein vent.

Comme qualité de ton ce tableau ne le cède en rien aux meilleures toiles de l'École flamande.

Toile.—H. 28 c. L. 38 c.

ÉCOLE ITALIENNE.

FRA-BARTHOLOMEO.

27 —

Dieu le père, au milieu de sa gloire, est adoré par des anges et des chérubins dont l'un tient, appuyé sur sa tête, le livre de l'*Alpha* et de l'*Oméga*.

Cette œuvre est empreinte d'un grand sentiment religieux.

Forme cintrée du haut.—Bois.—H. 00 c. L. 00 c.

CARRACHE (Louis).

28 — Mise au tombeau.

La Vierge Marie assise, la tête du Sauveur appuyée sur ses genoux; aux pieds du Christ est agenouillée la Madeleine; saint Jean, Marthe et Marie expriment leur vive douleur.

Ce tableau est sans contredit une des bonnes peintures du maître. La tête et le corps du Christ sont d'une remarquable beauté, la touche en est large et la couleur pleine de vigueur.

Forme octogone.—Toile.—H. 58 c. L. 55 c.

PALME (le vieux).

29 — La Femme adultère.

Cette composition, de plus de trente figures, est d'une belle ordonnance, et rappelle tout à fait la manière vigoureuse du Titien.

Toile.—H. 1 m. 73 c. L. 3 m. 34 c.

ROMAIN (attribué à Jules).

30 — Groupe d'anges supportés par des nuages.

Il rappelle la seconde manière de Raphaël.

Bois.—H. 40 c. L. 30 c.

TITIEN (attribué au).

31 — Déposition de croix.

Belle esquisse d'une touche large et franche, et d'un effet puissant.

Toile.—H. 40 c. L. 32 c.

BELLOTO (BERNARD), neveu de CANALETTI.

32 — Vue du grand canal à Venise.

Tableau d'un ton clair et brillant.

Toile.—H. 65 c. L. 95 c.

ÉCOLE ITALIENNE.

33 — Sainte en extase.

Toile.—H. 34 c. L. 27 c.

MÊME ÉCOLE.

34 — Pendant du précédent.

Toile.—H. 34 c. L. 27 c.

MÊME ÉCOLE.

35 — Sainte Famille.

La Vierge, saint Joseph et l'Enfant Jésus.

Toile.—H. 40 c. L. 32 c.

LIVRES D'ART.

36 — Les Monuments de la France, par le comte de Laborde ; dessins par Bourgeois, Bance, Chapuis, etc.

Paris 1836, imprimé par Firmin Didot.

37 — Le Moyen âge pittoresque, par Chapuis ; 2 volumes.

RENOU et MAULDE, Imprimeurs de la Compagnie des Commissaires-Priseurs
rue de Rivoli, 144. 2053

www.ingramcontent.com/pod-product-compliance
Ingram Content Group UK Ltd.
Pitfield, Milton Keynes, MK11 3LW, UK
UKHW012129240726
13965UKWH00005B/2063